三田村正彦

歌集

# 京都紀行

青磁社

京都紀行＊目次

三田村正彦歌集

# 京都紀行

# Ⅰ 鞍馬口通り界隈

影ふたつを坂に落としてゆつくりとゆふかたまけて階段《きだはし》の下

十五時の煙何ゆゑ立ち上る雲から見ゆる船岡温泉

くぼみたる枕は朝を孤独なり棺は人の波を分けたる

壮年を織姫天降《あも》る海岸にげにたをやかに夏をうつちやる

天つ神境内ならばなほ出づるサンダーバード2号直進

たまゆらをスイートポテト喉元をぐるあのくらやみへ落ちたる

路地裏の焚火左手さつまいも右ほほだけが風にこはばる

パチンコはステレオタイプ人間は曇天のプログラムの奴隷

しからして万博切手コレクション地下鉄整備音のせまり来

写真館まなこ合はせてレンズから宇宙広がる草木である

北京亭閉店それは鞍馬口通り西から雨がしぐるる

あけぼのは一人一人のものとして列車の客の顔《かんばせ》に照る

詩歌の華　墓地に落暉を得《う》るごとく滅びは午前零時に開く

爪切りはかわいたこの世たまゆらをあの世をつなぐ指をはねたる

暮れ残る灰色のビルたはやすく獄死光熱費滞納

初春の童五人の足の裏すごろく遊び昼下がりなり

ゆつくりと湯船に沈む光にして揺れてやうやくししむらゆるむ

あけぼのは積立定期倍増の西都中央信用金庫

山嶺に空は朱色西陣の町はしづかに夢から覚める

しろたへの砂の死界へゆふやみを海に曳かれて遠ざかりゆく

朝焼けの夢想の技かマンション建築のための相見積《あひみつ》もり

窓ガラス粉々に畳に落ちて兄弟ゲンカ日常茶飯事

孔雀石《くじやくいし》の歴史続く均整はたたきに菊の花の配置

リハビリテーションリウマチ科の春の待合のうはさ話のこゑ

臼井内科医院の内視鏡検査の報告書　ポリープ陰性

皮膚科大沢病院ステロイド軟膏使用効果により治癒

晴れ渡る空のやうに広がる町並空枠《からわく》回る織り成す帯

クリーニング店H西角に出来上がり良いと言はざるをれない

古時計止まるくらやみを通り抜けたるときをパンチドランカー

雨雲にかげるのは家具店片隅に町を生きる　モダニズムなり

舞台に踊る黒き肢体神をたたへる夜　哀しみのボレロ

ランブルフィッシュ店頭に泳ぐ異界へゆくために人間と同じに

伐採に倒れる杉の声あまた集めて成るはああ、木材店

クラッシック流るる治療の椅子の空《から》を見て白衣を脱ぐ内科医

かなふなら涙のあとを蟻の群れ一列揃へて神の審判

追憶に思ひ出すのは車窓には彼女たちに俺がゐないだけだ

油まみれの制服父は見上ぐる煙突の向かうのシャボン玉

天から降り落ちて来たる屋根に受けて商家の木造を離れ　花落とし

日傘藤の絵柄無人駅にひとつ置かれて　夏の忘れ物

論理的月光のごとく階段《きだはし》を降りるをみなハイヒール

赤電話受話器降ろす愛恋は喩の　微妙にずれる

船岡温泉湯船を水の溢れて滝のやうに光を飲み込む

# II　食物連鎖

王将のギョーザのたれの配合はしやう油4分《ぶ》の3《さん》で良いのです

ちちははの右手左手すべからく萬養軒のテーブルクロス

夕焼けはハウスカレーの母の味近鉄小阪徒歩十二分

カニ、イクラならば大盛ウニ、アワビ、大丸　大北海道展

二次会は堀川通五、六人カラオケウーロン茶で乾杯

六月のロイヤルホテル注文はメニュー見開きハンバーグから

若菜屋の栗やうかんに残りたる前歯のかたち　原始人なり

「田毎《たごと》」から丸太町まで流れたるネクタイ帯が渦と消えたる

その未明光明もなくまた菓子舗　A看板の文字が転がる

切り落とし三〇〇g「よろこんで」四条通り上ルモリタ屋

ああ無情無添くら寿司鞍馬口通り歪んで夕日に沈む

食卓をサーモン、チーズ晩酌の副産物として色どる

カニ缶は二〇〇一年十二月一日《ついたち》賞味期限に果てる

智恵光院先に伸ばして北側に空から見ゆるさらさ食堂

御酒には古都の匂ひがあるだらう　縁台に将棋盤が生きてる

行列はなにほどもなし往年をなほ行き残るさらさ食堂

刃物売り確かに到るまな板に生まれる前の鯛が横たはる

北大路通りたそかれ硝子戸にフリアンディーズ　甘色を乞ふ

十二月クリームロール童にてインスタ映えするものと知られる

ゲテものを捨てるゴミクズ箱のゴミの声に耳をかたむける

たまやうどん店皿に飲食《おんじき》盛られてカレーの垂るる　夕空

果物店つる幸さらに売り上げ伸びる市井《しせい》の人の食卓

白黒のチラシ隔週折り込んで自転車並ぶ　ほてい市場

焼き肉店（牛京）安価にバラ肉をばら売り計り提供する

（北野）鮮魚店ガラスに囚はれた　たひ、えび、あなご　夢を遊ぐ

カツ、納豆、なめこ　テーブルに並ぶ童五人の笑ひの拡がり

# 北白川通り造形芸術大学白濁ラーメンにこる

# Ⅲ　月のしもべ

吊るされし背広それぞれハンガーに月のしもべと知らずに生きる

マネキンは四季を知らないたまきはる命は今日もふるさとに在る

囚人は晩夏を殴る独房にうづくまるがに未来に沈む

湾曲に基地を取り巻く群れ二重生きろヤンバルテナガコガネムシ

暴発は一振りの斥万葉の晩夏麦秋薄暮万緑

難聴の一騎炎《ほむら》に他ならず牛、鳥、豚を見事に食らふ

週末は根回し脅しサプライズ過半数にはからくりがある

総会の次第混乱防犯を核にゆだねる黒幕の見ゆ

カミソリが首のうしろに回るとき露西亜の海に晩鐘の鳴る

うしろ手に縛る強張る逃亡者顔を裏切る老練な手技

許されて落暉落飾ラ行音乱舞乱立乱視に叫《おら》ぶ

振りかざす刃に殺せむらぎもの心に大和言葉が宿る

月曜の朝の慣はし腰を折る姿勢のままに物品となる

棚卸し前は値札にその上に利益を載せる敗北と言ふ

ゆふされば地球の萌芽　人間は二足歩行の苦行に耐へる

（漱石）の俳諧ときに向日葵のやうに大きく省略をする

消しゴムの屑を小指に払ひつつ昨日《きのふ》が上に今を生きてる

鎌足が夢の奥処《おくが》に遊蕩に四恩に消ゆる音　鹿威し

まひるまの烈日　ホテルヒルトンの末期に油絵の具を垂らす

歳時記に夜半寄りかかるかたはらの眠りわづかになほずれてゐる

水星を無人に揺るる宇宙船路地に私はふらここである
地表0。火柱なれど氷の柱玉座をまたぐをみな否、否

そしてゆけ夜鷹天まで髪ふり乱し無情の雨に激しく動く

炎帝は傘を見降ろす　草原のポストに今日の記憶を落とす

バスの背に遠ざかる汝なほポストから遠ざかる原票なのだ

父は今机に動く銀時計扉を開く秒針でした

睡眠の愉悦あるいは排便の南無阿弥陀仏法然がゆく

スリッパが歩く二対《につい》のスリッパが影を集めておのづから逝く

空席ゆ落つる屍大海に散布散乱幸福　敬具

廃屋を犠打のごとくに精霊が過ぎる宴にそつと加はる

無作為に呼ばれぬ命真つ黒な画面をりふし来世が見える

人形は賢者の技か喉ぼとけ作る夢精に雷鳴の過ぐ

殺戮はＳＯＳは濫觴《らんしやう》を海に押し出す限界域だ

曇天を暴落株式市場のへりくだるだみ声は生業《なりはひ》

危険球なれど　ヘッドコーチから仕掛ける売りが優勢となる

カミソリのすゐは私真蒼なる頁《ページ》を楯に直線に切る

枕詞などは愉悦とおごる夏誤訳にゆらぐ万緑の駅

「ただいま」の声裏口に響きをり　舐めれば消える難読の川

全否定から溢れ出る曼珠沙華私服肯定派をまた撲る

湯に沈む拳は祈る軍港に大和悶絶力悶絶

グーチョキパーは挟になりましていかやうに変へても良いのです

夜桜の光《かげ》となるまで渾身の思索を泳ぐ精霊の夏

回想は湖の底よりなだらかに朝の夢より吊り上げしもの

ラム肉のふるさと朝の牧場に慚愧万端《ばんたん》万事せまり来

冷え締まる肉叢などは幽魂《いうこん》が始発電車の吊り革となる

しろたへの砂は口笛少年のたはむれながら騒乱を待つ

三つ叉を電気が走るそれぞれに用途が違ふ規則正しい

干草が光《かげ》と積まれて鞍上に僕は最後の夏でありたい

大衆の夢を嵐に巻き上げるライブ一閃シャウトシャウト

断罪に爆騰人事雪まつり主催裏切り妄信　追伸

噴き上がる梅原語録曇天をつらぬくごとく独占禁止法

没落に転がるネジよ町工場条理《でうり》炸裂情理陥落

山姥《やまうば》のまたも山より降り落ちるをみなを床に説き伏せてをり

太閤を取り巻く女ことごとく乱舞乱脈おのれをだます

うしろから去りゆく秋が直截に語る言葉を連帯と言ふ

空白を止まる気球を翳りつつ一人はひとり生活がある

噴き上げに笑ふあなたが一息に飲みたる水は胃の腑に落ちる

遠島を水面に走る鶴一羽去りゆく風を残して止まる

岸壁は落塁の果て日没の広がる海に直情である

海底《うなそこ》の大和しばらく幽魂の出入り許して幸福である

変はり身の速さにドアを振り返るあなたは丸いおむすびである

たまきはる枕詞の命から溢るる大和言葉は素敵

くらやみの片隅くもの巣に止まる〈論旨〉を知能と呼ばむ

人型にベッドに沈むオフィスから十里離れて湯上がりのあと

打ち合ひの終はり間際にいただいた　氷枕にじやぶじやぶ遊ぶ

あふむけになんと空気を持ち上げる一人笑ひに感情はある

モンタージュ写真はおろか簡略に自画像だけを投げ捨てるまで

コンパスを広げてはかる十マイル歩くほどほど全く休む

# Ⅳ 雑詠

カキフライ弁当黄なるハンカチの上に正しく横たはります

本棚は涼しゐ笑ふ幼児の上に知識がまたぶら下がる

サンマルク満席朝の陽光がフォークの先に集まつてゐる

日照雨すつぽり街はあなたから右手に傘を差して下さい

絵巻物なる欄間から死の海へ　時をつらぬく義経の弓

なめらかな午前の光なめ回すソフトクリーム未だ未だうまい

黙しつつ街路樹をゆく十五年前の夜空は大和のかたち

ユニクロのはるか奥処《おくが》に森の水張りつめてをりさらに煌く

靴の片方だけが落ちてゐるひんやり動く歩道の上を

八月は樹木の臭ひ古本屋再び立ちてゆく言葉達

夕立の町はたちまち総立ちの形のままにふと立ち止まる

ダイヤルを回す中指　戻りたる道門灯の連なりて映ゆ

腕時計手箱に不意に動き出すそれは紅色した遺留品

ピストルに撃たれた遠き鰯雲運動会の挨拶に立つ

死にどころなくここまでを生きて来て夏の入り日に影を失ふ

国立近代美術館斜めの光《かげ》に曳かれてなほ浮上する

神の国から湧き出づるたましひを鴨川の水にそして行かしむ

皇帝のしもべの風のたをやかに師走のビルを難聴にゆく

朱色《あけ》の写実を越ゆる飛行船　ためらひながら虹に近づく

皇帝のうしろにとよむ雷鳴を言葉に換へて大衆に鳴る

エメラルド海底深く落つる本踊りねぢれて無韻に戻る

しかうしていちやう並木を真つ直ぐにつらぬく武士は宮本武蔵

ピアノ協奏曲五番G'《ジーダッシュ》耳朶の裏音が棲んでる

時刻表上り下りは黒幕瀑布の向かう側の沈黙

イタリアを見つけた　秋の地球儀を遠く離れた童の小指

地球儀の軸に回れる北の風　黄昏《たそかれ》のバーバリーのカバン

跳躍に時計仕掛けのごとく夜をししむら高く天空をゆく

あまつさへ湖《うみ》は静かにあるものを森の暗闇さらに００《ゼロゼロ》

海まひる恋慕《れんぼ》たちまち頂点に光にシャトルが結合をする

万博切手コレクションしばらく鴨川をさかのぼる晩夏光

街路樹のうまいを覚めてアンジェリカ少女は易く大海に出る

天上るラグビーボール曇天に回る分かれ目さう過去未来

百貨店遊具売場にはづみたるビー玉孫のやうな銀色

もののふを蟻のものさしにてはかる暁《あけ》の草原吉川英治

霜月の府営住宅ひび割れにゆふかたまけて影の伸びたる

面接会はリサーチパーク十二階集ふ中小企業団体

死魚の眼の上目遣ひに人間をみつむる港十五時倉庫

反逆は日没前か山中《やまなか》に槍に倒れた明智光秀

あかときを湯飲み茶碗に沁みついたミルクの痕は原初の記憶

あらたまの心あらぶるある男ビルの間《あはひ》にスサノオと居る

宝ヶ池プリンスホテル近郊に声は月光子供の楽園

冬すばる直角の光落ちて　阪神タイガース観戦帰り道

待春《たいしゅん》の掛け軸杜子春の詩文そびらに杜の奥処《おくが》のくらやみ

ティータイム鴨川河岸敷《かせんじき》学生まばら光《かげ》を孕みてはるかに

誘導鈴《いうだうれい》天の声のごとく流るる朝のラッシュの京都地下駅

京都市美術館木造の中を未だはづかしさうに青磁の壺

南北朝時代の山は雲の下人界の主《ぬし》として見下ろす

得票はエレベーターにせり上がりけばけばしい落選の神様

コンサルタント指導の果てになる程学びたるコンプライアンス

ノルマのためにおびただしく汗を落として雨の傷痕

ブラックホール詩に吸ひ込まれてゆくほどおもしろい大宇宙

建て売りの庭に並びしプロパガンダ法案通過　プロパンガス

飛び込み台波に打たれて孤立せり山の向かうの僕の少年

同棲三月十日《みつきとをか》　青きマフラーが暮らしをすり抜けていつた

フジバカマの枝からしたたる蜜のやうな雨の末裔死海の底ひ

父と子は川に流るる長靴に自分より残された人を思ふ

わからないことばかりでわからない人の世は江戸の両替商

念仏をとなへて声を失ふ家族《うから》畳の上《へ》の大往生際

文字起こしブッキッシュに一首を立ち上げる月にとどかんばかり　詠ふ

キリンすつくととび微動だにせず夏の日差しに打たれながらねむる

まひる窓をつらぬく夏の日差し煙を上げる食器洗浄機

日本橋にてふれ合ふ袖をもつて互《かた》みにゆくりなく振り返る

蒲原を雪が占領するオオクニヌシノミコト日の国に目礼

広島のジャングルジムの形状の崩れて　平和ストリート

いつも通り歩いた路《みち》を白ヤギが駆ける成程なのだ

クラッシックギター弾く指たたく指フランス映画いたづら

アンドロイド　古本屋を店頭に屹立する文庫本を買ふ

定期学割近鉄京都駅から北大路まで上がるのだ

あかときを宇宙の果てに追ひかけてゲームはファイナルファンタジー

子の刻を美濃を山河を降《くだ》り来て戦づかれのもののふの脚

雷《いかづち》のごとく眠る音楽大河の水上深くジョン・グラム

薄闇を走るセダンのその行方森に聞こゆる和太鼓「いろは」

旅人の命を守る通行手形道中　地蔵のなづき

チャンピオンシップポイント卓球の台上に世界を照る　チキータ

ただそれは京極通り南東に人を連ねる指白きもぎり

白雪はわらぶき屋根に横たはり目を閉ぢてなほ拡がる血脈

言葉を掘り下げた池の底ひに泳ぐ山椒魚に伝へる命

十万世界の光明の中に人を抱き込み転生を促す

お方様は遊行をせり城下町を両替商に白足袋に入る

ほら穴を出でたる天照大神炎《ほむら》たいまつ雨にむかへる

ほら貝は山びこにふるへて背後の丘に秋をふふみて終はる

落城に崩るる武士のたましひの主君を守る　御遊行です

籠城を決めたる城の主人《あるじ》とは部下のあざけりを浴びるけだもの

週末を造幣局を黄金虫週末ならば平年並み

八ツ橋のあんはつぶあん白き歯にガリバーのごとくつぶすほかない

寝息、いびきベッドの上を流れゆきエアコンの風にさまよひ歩く

土俵際なる真田丸から波のごとく海になだれ込む　火だるま
侍大将柴田勝家先鋒をうけたまはり名をあげるのだ

うに、いくら、かつを、わかめは食卓に集ふ円《まど》かに明日をおいしく

サザエさんシンドロームは万民の深層意識に降りてくらやみ

## 著者略歴

三田村正彦（みたむら・まさひこ）

一九五九年　京都市にて出生
二〇一〇年　第一歌集『エンドロール』上梓
二〇一三年　第二歌集『増殖無限』上梓
二〇一七年　第三歌集『無韻を生きる』上梓
「未来短歌会」会員

歌集　京都紀行

初版発行日　二〇二〇年六月二十七日

著　者　三田村正彦
京都市北区紫野南舟岡町六〇―八（〒六〇三―八二二五）

定　価　二五〇〇円

発行者　永田　淳

発行所　青磁社
京都市北区上賀茂豊田町四〇―一（〒六〇三―八〇四五）
電話　〇七五―七〇五―二八三八
振替　〇〇九四〇―二―一二四二二四
http://www3.osk.3web.ne.jp/~seijisya/

装　幀　大西和重

印刷・製本　創栄図書印刷



ISBN978-4-86198-466-2 C0092 ¥2500E